AF322169

PARIS NOUVEAU

ESSAI POÉTIQUE

PAR

CAMILLE LECOINTE

PARIS

IMERIE CENTRALE DE NAPOLÉON CHAIX ET Ce

RUE BERGÈRE, 20

1857

Offert par
l'auteur à son
collègue Martin

[signature]

PARIS NOUVEAU

ESSAI POÉTIQUE

PAR

CAMILLE LECOINTE

PARIS

IMPRIMERIE CENTRALE DE NAPOLÉON CHAIX ET Cie

20, rue Bergère, près du boulevard Montmartre.

1857

PARIS NOUVEAU

Regina Mundi.

Chaque coin de la terre à son tour tient l'empire.

Rome n'a plus d'éclat, c'est Paris qu'on admire.

Sans sonder les desseins du suprême pouvoir

Dans ces rôles divers, contentons-nous de voir.

Marchons, marchons toujours, marchons sans résistance ;

En Dieu reposons-nous ; il veille sur la France.

Voyons sa volonté dans Napoléon trois,

Bien plus grand à lui seul que ne furent nos rois.

Sous sa magique main tout se métamorphose,

On ne voit que beauté nouvellement éclose.

Là s'élève un palais, se groupent des maisons,

Où l'artiste a semé ses dessins, ses festons.

Des temples restaurés, enfants du moyen âge,

Ici font réfléchir le savant et le sage ;

On dirait qu'au milieu de leur étonnement,

Un frisson les saisit involontairement :

C'est l'esprit du passé qui surgit dans leur âme

Et se montre à leurs yeux comme en livide flamme,

Dévorant sans pitié la pauvre humanité

A peine bégayant le mot de liberté.

Mais laissons de ces temps le honteux apanage,

Pour voler aussitôt vers un autre rivage,

Et reposons nos yeux sur de plus gais tableaux.

Examinons la Seine, admirons sur ses eaux

Ces vapeurs renfermant une force nouvelle

Qui dompte le courant et le rend moins rebelle.

Cette force, appliquée à nos divers chemins,

Nous transporte aussitôt aux lieux les plus lointains,

Et sème en son parcours nos mœurs de terre en terre,

Pour former des humains un vaste phalanstère

Soumis aux sages lois d'un clément Empereur

Dont le rêve constant est : justice et bonheur.

A cet espoir venez, habitants de la terre,

Pour vous nous n'avons plus de secret, de mystère ;

Nous vous convions tous au banquet fraternel
Qui doit river la paix entre chaque mortel.
Venez examiner le progrès des lumières,
Venez nous comparer à ce qu'étaient nos pères;
Écoutez la leçon du vieux Louvre au nouveau,
Évoquant le passé des horreurs du tombeau,
Avec sa nudité, sa figure sanglante,
Pour qu'elle frappe plus et soit plus saisissante.

LE VIEUX LOUVRE

Mon frère, en te voyant t'élever près de moi,
Je ne puis réprimer un mouvement d'effroi,
Je ne puis m'empêcher de craindre pour ton âme
Les souillures du temps, du crime et de la flamme.

En voyant ta beauté, ta candide blancheur,

Je voudrais te voiler ce temps pris en horreur,

Où tout mon corps s'émut sous le glas de la cloche

Appelant des chrétiens, monstres au cœur de roche,

Contre les protestants, ces sages défenseurs

Du bon sens étouffé sous de folles erreurs.

Mais comme du passé l'exemple est salutaire,

Il faut montrer souvent ce que l'on voudrait taire ;

Il faut stigmatiser ces rois qui sans pudeur

Sèment dans leurs Etats le trouble et la terreur ;

Mais arrêter à temps la colère homicide

Du peuple exaspéré qui devient régicide.

Je me souviens, hélas ! de ce jour plein de deuil

Où je vis d'un bon roi transporter le cercueil.

Depuis ce temps le peuple a versé bien des larmes,

Maudissant son forfait, le pouvoir de ses armes.

Le sang de Louis seize incrusté sur son front,

Semble prêt à jaillir pour lui lancer l'affront.

Mais c'est trop t'attrister, bannis toutes tes craintes ;

Le Louvre d'aujourd'hui n'aura pas tant de plaintes

A formuler un jour devant l'humanité !

Il n'aura qu'à parler de la prospérité

Qui doit bientôt surgir de cette ère nouvelle,

Transformant tout Paris en brillante étincelle.

Je te laisse ce soin; étale à l'univers

Les beautés de Paris affranchi de ses fers.

Tes accents plus profonds et ta voix plus sonore

Montreront mieux que moi cette brillante aurore.

LE LOUVRE NOUVEAU

Je vais donc m'efforcer, par de mâles accents,

De chanter de Paris les embellissements.

Mais par où commencer parmi tant de merveilles?

Pour les énumérer il faudra bien des veilles.

Enfin essayons-nous; prenons notre pinceau

Et fixons sur la toile un pays tout nouveau.

Si la ville souvent doit prendre l'avantage,

Il ne faut pas ici dédaigner le village ;

Et peindre de Boulogne et le bois et l'étang,

C'est, je crois, commencer selon l'ordre et le rang.

Entrons dans ses fourrés ; marchons sous son feuillage ;

Admirons de ses eaux le chatoyant mirage ;

Demandons-nous quel art, quel pouvoir enchanteur

A transformé ce sable en île de bonheur,

Où le monde élégant, de touchantes familles

Viennent respirer l'air embaumé des charmilles :

C'est Napoléon trois qui prévient nos désirs

Et fait de chaque endroit un séjour de plaisirs.

Nous faut-il un chemin, quelque belle avenue

Nécessaire au parcours, agréable à la vue ?

On voit bientôt s'ouvrir, sous les pas des chevaux,

Des chemins aplanis qui n'étaient que monceaux,

Et recevoir le nom de notre impératrice,

De tous les malheureux touchante protectrice.

Mais comment le Destin, en son bizarre jeu,

Unit-il ainsi l'oncle à son puissant neveu ?

L'un attache son nom au travail aratoire,

L'autre grave le sien sur le temple de gloire.

Voyez ce monument, si pompeux et si beau !

Écoutez-le parler de Wagram et d'Eylau,

Et nous parler si bien de l'éclat de nos armes,

Que ses accents profonds nous arrachent des larmes !

Passez sous son arceau, sous son cintre géant

Où naguère passa le César triomphant,

Vous arrivez bientôt dans les Champs-Élysées,

Qui ressemblent le soir à des palais de fées.

Là, paraît à nos yeux un monument nouveau,

Du progrès et des arts adorable berceau.

Il reçoit en son sein tous les produits du monde

Arrivant à Paris, et par terre et sur l'onde.

Non loin de ce palais est un emplacement,

Des lumières du gaz la nuit étincelant.

Vous avez reconnu la place magnifique

Où l'on voit se dresser un monument antique

Qui coupe deux bassins aux jets vifs, argentés,

S'élançant pour calmer la chaleur des étés.

De cette place on voit deux petites tourelles ;

Quel est ce monument aux deux brillantes ailes ?

C'est un temple de plus pour les hommes de foi,

Pour l'enfant du Seigneur qui marche sous sa loi ;

C'est un lieu patronné par Clotilde la sainte,

Où nous allons prier pour bannir toute crainte.

Mais revenons un peu, suivons notre chemin,

Et gardons-nous d'aller jusqu'au pays latin.

Marchons en plein Paris, voyons ses promenades,

Ses palais somptueux, ses brillantes arcades

Qui scintillent le soir de points si lumineux

Qu'on croirait que Paris est brûlé par cent feux.

A leur clarté lisons, au coin de chaque rue,

Les grands noms de victoire offerts à notre vue :

Ici c'est Rivoli, là Mont-Thabor, Alger,

Qui font courber la tête à l'altier étranger.

Mais nous voilà bientôt à l'endroit où je loge ;

Je suis embarrassé pour faire mon éloge.

Pourtant, sans être fier je me trouve assez beau

Pour ne pas déparer le Paris tout nouveau.

Je suis bien charpenté, j'ai de la ciselure,

Des festons, des dessins et de l'architecture ;

Rien ne manque en un mot à mon ajustement,

Et je puis supporter le coup d'œil du savant.

Encor dans le néant, j'étais dans la pensée

Du plus grand roi des rois. Elle est réalisée.

Gloire à Napoléon, mon divin créateur !

En me donnant le jour, il voulut mon bonheur ;

Et pour me préserver de maux de toute espèce,

Il démolit partout pour assainir Lutèce.

Plus de quartiers malsains, plus de ces noires eaux

Qui séjournaient longtemps dans le fond des ruisseaux ;

Des égouts souterrains, conduisant à la Seine,

Font du nouveau Paris une ville plus saine.

Les jeunes monuments, et plus encor les vieux,

De pouvoir respirer ont l'air plus radieux.

Considérez plutôt la vieille tour Saint-Jacques :

Depuis qu'on ne voit plus ces ignobles baraques

Qui masquaient au passant la beauté de ses traits,

Elle paraît sourire à vos touchants bienfaits,

Et semble demander que sa voûte sonore

Redise encor nos vœux à celui qu'on implore.

Saint-Germain l'Auxerrois, vivant plus au soleil,

Est moins sombre, moins noir, et paraît plus vermeil.

Mais avançons un peu jusques aux bords du fleuve ;

Admirons tous ces ponts d'architecture neuve :

L'un rappelle Austerlitz, l'autre chante Iéna ;

Celui-là vante Henri, qui partout étonna,

Pour ensuite trouver la mort en récompense

De son profond amour pour cette ingrate France.

Mais pourquoi rappeler cet amer souvenir

Quand je dois raconter le présent, l'avenir ?

Il ne m'appartient pas de faire un cours d'histoire ;

Mon rôle est de montrer du progrès la victoire.

Laissons donc l'Institut, le temple où l'on voit l'or

En pièces se changer pour prendre son essor.

Volons vers ce palais où la diplomatie

Régla nos intérêts en Crimée, en Russie,

Naguère encor l'objet d'un soin minutieux.

Près de là nous voyons le dôme radieux

Qui renferme en son sein la dépouille mortelle

Du héros le plus grand ; là son front étincelle

Malgré le marbre froid, malgré la sombre mort,

Et nos yeux étonnés contemplent l'homme fort.

Maintenant remontons le cours de la rivière,

Voyons des monuments la blanche ou noire pierre.

Regardons en passant l'endroit silencieux

Où de lâches tribuns, à l'air dur, soucieux,

Leurraient le malheureux par d'habiles mensonges

En promettant des biens qui n'existent qu'en songes.

Ils sont partis, grand Dieu ! pour ne plus revenir ;

Qu'ils nous laissent en paix diriger l'avenir.

Voyons d'un œil plus doux la tendre Madeleine,

Calmant du malheureux la douleur et la peine.

Laissons ce grand jardin qu'ont habité nos rois,

La demeure aujourd'hui de Napoléon trois.

Laissons le Panthéon, ne troublons pas la cendre

De ces grands écrivains qui pourraient me reprendre.

Mais quel est ce clocher qui miroite si bien,

Qu'il attire l'oiseau, vos regards et le mien ?

C'est le riche clocher de la Sainte-Chapelle

Qu'a choisi pour son nid la charmante hirondelle.

On voit, tout près de là, le palais où la loi

Vient sévir sans pitié contre l'homme sans foi.

Plus loin sont deux témoins d'une cérémonie

Dont chacun parlera dans le cours de sa vie :

Notre-Dame dira le baptême pompeux

Du fils de l'Empereur, de l'enfant bienheureux

Qui doit poursuivre un jour les travaux de son père

En extirpant du sol la hideuse misère.

L'hôtel de ville aussi, dans ces jours de bonheur,

A vu briller ses murs, a connu la splendeur ;

Il comprit aisément la force et la puissance

De celui qui régit et gouverne la France.

Son pouvoir, en effet, éclate à tous les yeux,

Et nous croyons parfois qu'il est venu des cieux.

Mais suspendons nos chants, laissons là notre lyre ;

Des hommes plus savants mieux que moi sauront dire

Ce qui pourra surgir de l'électricité.

Mais, grâce à son pouvoir, je vois l'humanité

Déjà ne plus former qu'une famille entière,

Prospérant et marchant sous la même bannière.

IMPRIMERIE CENTRALE DE NAPOLÉON CHAIX ET Cⁱᵉ, RUE BERGÈRE, 20. — 10514